Unterwürfige Kellnerin (Interracial)

Erotic Domination Collection

Erika Sanders

ERIKA SANDERS

Unterwürfige Kellnerin
(Interracial)

Erika Sanders
Serie
Herrschaft und erotische Unterwerfung

Zusammenfassung

Julieta ist eine Afro-Mexikanerin, die in einem Motel der unteren Klasse arbeitet, in dem der Manager ein tief geschnittenes Kleid mit Absätzen ohne BH und Tanga als Uniform für die Angestellten trägt.

Ein älterer Kunde wohnt im Motel, Herr Sánchez, der sich selbst als "Pate" der jungen Frau bezeichnet.

Als Julieta im Motel ankommt, stellt sie fest, dass das Frühstück von Herrn Sánchez für sein Zimmer vorbereitet wurde ...

Unterwürfige Kellnerin ist eine Geschichte aus der Interracial-Serie, Eine Sammlung von Geschichten mit hohem erotischen Inhalt, die zwischen Menschen verschiedener Rassen und Hautfarben auftreten.

(Alle Charaktere sind 18 oder älter)

Anmerkung zum Autorin:

Erika Sanders ist eine international bekannte Schriftstellerin, die ihre erotischsten Schriften, abgesehen von ihrer üblichen Prosa, mit ihrem Mädchennamen signiert.

Index:

UNTERWÜRFIGE KELLNERIN
ERIKA SANDERS

Julieta kam gerade rechtzeitig im Motel "Lonely Hearts" an, um die Morgenschicht zu übernehmen.

Sie war eine der Dienstmädchen im Motel, und eine ihrer Hauptaufgaben bestand darin, den Kunden jeden Morgen um acht Uhr das Frühstück zu liefern.

Natürlich musste sie auch die Zimmer abstauben und aufräumen, aber das konnte bis Mittag warten, bis der Rest der Dienstmädchen auftauchte.

"Corazones Solitarios" befand sich 150 Kilometer nördlich von Mexiko-Stadt, direkt an der Nationalstraße A9.

Es bestand aus einem kleinen Parkplatz;ein mittelgroßer Pool; ein Hauptgebäude, in dem neben dem Büro des Managers viele Einrichtungen untergebracht waren; und zwei Flügel mit jeweils zehn Räumen.

Jedes Zimmer hatte ein kleines Badezimmer, Kabel-TV und eine Klimaanlage.

Wenn wir ihre Preise mit denen lokaler Hotels und Motels vergleichen würden, würden wir definitiv einen signifikanten Unterschied feststellen, wobei "Lonely Hearts" am billigsten ist.

Daher war und war es die Zuflucht vieler Menschen, die wenig Geld hatten und nicht zu viel bezahlen wollten, um eine Wohnung zu mieten, sondern ein paar Jahreszeiten in einem Hotel verbringen wollten.

Julieta war eine 20-jährige Latina afro-mexikanischer Abstammung.

Sein Vater war ein schwarzer amerikanischer Seemann, der die meiste Zeit um die Welt reiste, und seine Mutter war Mexikanerin und ihrem Ehemann und ihrer Tochter gewidmet.

Sie war nicht größer als zwei Meter, aber ihre Figur war ziemlich symmetrisch und kurvig.

Schulterlanges lockiges schwarzes Haar umrahmte ihr ovales Gesicht, während ihre exotischen schrägen Augen schwarz waren mit den längsten natürlichen Wimpern, die man sich vorstellen kann.

Seine Nase war dünn und zart, mit großen und breiten Nasenlöchern, die er von seinem Vater geerbt hatte und die eine ziemlich unersättliche Natur offenbarten, die ewigen fleischlichen Freuden gewidmet war.

Zwei perfekte Reihen strahlend weißer Zähne schmückten ihren kleinen Mund wie Perlenketten, und ihre vollen dunkelroten Lippen baten wie homerische Sirenen darum, brutal gebissen zu werden.

Ihre Haut war dunkel und ihre schlanke Figur war wirklich erstaunlich.

Es war mit einer sehr schlanken ringförmigen Taille ausgestattet.

Mit starkem Pochen bei 95 ° C und symmetrischen Brüsten, gekrönt von großen schwarzen Warzenhöfen und üppigen braunen Brustwarzen, die kontinuierlich hervorstechen.

Und breite Hüften, die Helden aus einem epischen Zeitalter halten können.

Ihr Hintern war groß, rund und ein wenig mollig, sie hätte mindestens sieben Kilo abnehmen sollen, aber sie war fest und maximal trainiert.

Ihre Schenkel waren gebogen und saftig und ihre Waden waren formschön und ziemlich drahtig.

Julieta ging direkt zum Umkleideraum der Damen und zog Hemd und Jeans aus.

Sie knöpfte auf und zog ihren BH aus, ließ ihre üppigen Brüste los und zog ihr weißes Höschen aus.

Sie öffnete ihr Schließfach und wählte einen roten Satin-Tanga, den sie sofort anzog, und ein Paar weiße High Heels zusammen mit ihrem Dienstmädchen-Outfit. Das Management war sehr interessiert an dem

Thema, dass alle Dienstmädchen Riemen und Absätze tragen sollten groß weiß und kein BH.

Julieta trug ihr Outfit, legte ihre weiße Schürze um ihre Schultern und um ihre Taille, zog High Heels an und ging direkt in die Küche.

Auf einem großen Tisch fand er ein Tablett mit dem typischen Motelfrühstück und einer Finanzzeitung.

Ein kleines Weißbuch zeigte sein Ziel an: Raum A4, Herr Sánchez.

Sánchez war ein 58-jähriger grauhaariger weißer Mann, der kürzlich geschieden wurde und dessen Frau ihn aus ihrem Haus geworfen hatte, weil er nie genug Geld zu verdienen schien, um ihr Leben zu unterstützen.

Er war eine sehr freundliche und sanfte Person, und Julia fragte sich immer, ob der oben genannte Grund der einzige Grund für seine Frau war, ihn zu verlassen.

Er arbeitete als Verkäufer für eine Versicherungsgesellschaft und war bei seinen Zahlungen nie im Rückstand, obwohl seine Kleidung billig war und sein Auto ein zwanzig Jahre altes Modell war.

Herr Sánchez war achtzig Jahre alt und solide gebaut aus den Jahren, die er in seiner Jugend als Bauarbeiter verbracht hatte.

Sein Gesicht war sonnenverbrannt und leicht runzlig, aber er sah sehr gut aus.

Er war ein wenig fett im Bauch, aber die Hände und Beine waren muskulös genug.

Julieta hatte immer Mitleid mit ihm und protestierte nie, wenn er spöttisch sagte: "Er war ihr Pate."

Er liebte den Klang wirklich!

Julieta: Señor Sánchez, das ist Julieta. Könnten Sie die Tür öffnen? Ich habe Ihnen Frühstück gebracht.

Herr Sánchez: Warten Sie eine Minute, Julieta. Ich bin gerade aus der Dusche gestiegen. Geben Sie mir eine Minute, um meinen Bademantel anzuziehen, und ich öffne die Tür ... Komm rein, Schatz.

Juliet: Danke, Sir.

Als Julieta den Raum betrat, bemerkte sie, dass Herr Sánchez eine kurze Robe trug, die angelehnt war und kaum seine Schenkel bedeckte.

Der Anblick seiner breiten, haarigen Brust und seiner muskulösen, muskulösen Beine ließ sie hartnäckig und süß zittern.

Sie errötete und fuhr mit einem tiefen Atemzug mit der Zungenspitze über ihre Oberlippe und hob die Schweißperlen auf, die sich dort angesammelt hatten.

Julieta: Wo soll ich das Tablett lassen, Mr. Sánchez?

Herr Sánchez: "Lassen Sie mich die Zeitung nehmen ... Sie können das Tablett dort lassen ... Auf dem kleinen Tisch ..."

Julieta drehte sich um und ging nahe an den Tisch, um ihre Hüften so rhythmisch und sexuell wie möglich zu bewegen.

Er wusste, dass er das Tablett dort lassen konnte, nur seine Knie ein wenig beugen und seinen Körper vertikal senken konnte, aber er entschied sich für die andere Option.

Zuerst näherte sie sich dem Tisch und dann beugte sie sich vor und setzte ihren Hintern sehr langsam Herrn Steven aus.

Der Stoff ihres Mini-Outfits begann sich zu heben und deckte Zoll für Zoll auf: zuerst die Rückseite ihrer Oberschenkel, dann den Schritt zusammen mit den Enden ihres Gesäßes und schließlich den roten Tanga, der zwischen ihrem zitternden, prallen Gesäß vergraben war. .

Als ob das nicht genug wäre, blieb er einige Zeit in dieser Position, bewegte seinen Hintern von links nach rechts und tat so, als würde er die Tischplatte mit einer weißen Serviette abwischen.

Herr Sánchez hatte sich bereits auf einen Stuhl gesetzt und versucht, seine Zeitung zu lesen, als er Julietas schelmische Bewegungen bemerkte.

Sein Mund fiel auf und dann huschte sofort ein breites Lächeln über sein Gesicht.

Er rollte die Zeitung und schlug sehr sanft auf Julias Hintern.

Juliet wand sich ein wenig wie unvorbereitet, drehte sich um und strich nervös ihren Rock glatt.

Julieta: Ohhh! Herr Sánchez!

Mr. Sanchez: "Freches Mädchen! Das sollten Sie nicht tun, wenn Ihr 'Pate' hier ist. Wissen Sie nicht, dass es gefährlich ist, mit dem Feuer zu spielen?"

Julieta: Was hat 'Pate' getan? Ich bin ein gutes Mädchen. Ich versuche immer, mich zu benehmen.

Herr Sánchez: "Sie sollten Ihren kleinen Hintern nicht zeigen und besonders nicht vor Ihrem 'Paten'. Wo sind Ihre Manieren? Haben Sie vergessen, wo Sie sind? Vielleicht müssen Sie eine Lektion erteilen. Sie brauchen wirklich Disziplin."

Juliet: Oh nein 'Pate'! Bitte tu mir nicht weh. Ich wollte dir nicht meinen Hintern zeigen, es war ein Unfall. Bitte vergib mir 'Pate'! Tu meinem kleinen Hintern nicht weh. Nein!

Herr Sánchez: "Sie brauchen eine gute Tracht Prügel! Das muss ich sagen. Sie wissen, die Hausordnung ist sehr streng und Sie müssen dafür bezahlen. Ich kann das nicht wieder zulassen. Kommen Sie her!"

Julieta lachte und ging zu Mr. Sánchez, schwang ihre wundervollen Hüften wie ein professionelles Topmodel.

Herr Sánchez befahl ihr, sich auf seinen Schoß zu legen.

Juliet lag da und drückte ihre voluminösen Titten, die linke auf ihrem linken Oberschenkel und die rechte auf ihrem Bauch.

Dann hob sie ihren Hintern, um ihm einen besseren Zugang zu ermöglichen, und wartete gespannt auf die nächste Wendung der Ereignisse.

Mr. Sanchez rollte ihren Minirock hoch, legte ihren unschuldig aussehenden prallen Arsch frei und begann, die pochenden Kugeln wie ein erfahrener Bäcker zu kneten und zu massieren.

Er konnte nicht aufhören, das glatte, dunkle Fleisch wie ein Verrückter zu drücken und zu quetschen, und er mochte besonders die Art und Weise, wie es zwischen seinen Knöcheln hervorstand, als er es absichtlich mit seinen Fingern als Zange "quetschte".

Darüber hinaus genoss sie es wirklich, ihre fleischigen Berge so weit wie möglich von ihrem Arsch zu trennen und zwang das Satinseil, in ihren Löchern zu verschwinden, während sie tief einatmete.

Gleichzeitig vermischte sich der starke Schweißgeruch mit den sexuellen Säften, die ihr Körper überall weit verbreitete.

Nachdem Herr Sánchez Julietas prallen Arsch mit zahlreichen roten Flecken (die auf ihrer dunklen Haut nicht leicht zu erkennen waren) von ihren Fingerabdrücken gefüllt hatte, nahm er die aufgerollte Zeitung in seine rechte Hand und versetzte ihr sofort einen leichten Schlag.

Juliet wand sich und stieß ein langes, jammerndes Stöhnen aus, das speziell entwickelt wurde, um den größten Eisberg der Welt in Sekundenbruchteilen zum Schmelzen zu bringen.

Herr Sánchez musste nicht mehr zuhören.

Er fing an, ihr fast nacktes Gesäß mit der gerollten Zeitung zu schlagen, als wäre er hektisch und versetzte Schlag auf Schlag mit erstaunlicher Präzision, achtete aber darauf, sie nicht zu sehr zu verletzen.

Mit ihrem ganzen Körper in der Luft, nur von Mr. Sánchez 'Schenkeln gestützt, „wimmerte" und „trat" Julieta wie ein kleines Mädchen, während sie ihre Waden nacheinander wie ein Pornofilmstar hob und senkte .

Juliet: Aouchhh! Pate! Du bist so schlecht! Mein Hintern brennt! ... Au! Hör auf, meinen kleinen Hintern zu verletzen! Bitte Pate ... Ich werde tun, was du willst ... ""

Herr Sánchez: "Ihr fetter Hintern braucht schwere Bestrafung, Kleiner. Ich habe Ihnen oft gesagt, dass Sie mir Ihren leicht bekleideten Hintern nicht aussetzen sollen. Wissen Sie nicht, dass ich aufgeregt bin? Was würde Ihre Mutter sagen, wenn sie hier wäre? Sind Sie hier?" versuchst du deinen alten Paten zu verführen? Was für eine Hure bist du! "

Juliet: Mmmmm ... Au! ... Pate! Wie könnte ich meinen alten Paten verführen? Ich bin nur das Mädchen meines Paten ... Ich habe bemerkt, wie du meinen Hintern jedes Mal betrachtest, wenn ich mich bücke. .. Ich wollte dir nur einen perfekten Blick auf meinen kleinen Arsch geben ... Ich habe es nur für dich getan, Pate ... "

Herr Sánchez: "Ich habe versucht, meine Zeitung zu lesen ... Das war das einzige, was ich im Sinn hatte, bis Sie ankamen ... Sie haben mich abgelenkt ..."

Juliet: Oh Pate! Ich wollte nicht ... Aber ... ich fühle etwas in meinem Bauch ... Etwas steigt unter meinem Bauch auf ... ein großer Klumpen, der versucht, meinen Nabel zu durchbohren ... Was ist das Pate?

Herr Sánchez: "Sie haben es geschafft! Herzlichen Glückwunsch! Ich habe meine Selbstbeherrschung völlig verloren. Wie soll ich jetzt meine Zeitung lesen? Verdammt ..."

Juliet: Oh, mach dir keine Sorgen, Pate. Wenn du willst, kann ich mich um dein 'kleines Problem' kümmern. Lass mich alles wieder gut machen, was ich dir verursacht habe. Ich weiß sehr gut, dass dein geschwollenes 'Ding' es dir schwer macht. Ich könnte es sofort reparieren ... Bitte, Pate, lass es mich versuchen ... "

Herr Sánchez: "Ähm ... Sehr gut ... aber sagen Sie es Ihrer Mutter nicht! Sie versprechen es!"

Juliet: Ich werde nicht ... ich verspreche ...

Julieta stand auf und nahm glücklich eine Position zwischen Mr. Sánchez 'gespreizten Schenkeln ein.

Er ging auf die Knie und kuschelte sich unterwürfig zwischen ihre haarigen Füße.

Herr Sánchez trug seine kurzsichtige Brille und nahm sie träge und öffnete seine Zeitung.

Julieta löste den Gürtel, teilte seine Robe vollständig und legte seinen steinharten Schwanz und die geschrumpften Hoden frei.

Sein Mitglied war ungefähr sechzehn Zentimeter lang, fünf breit und beschnitten.

Der Kopf hatte eine dunkelrosa Farbe und war breit genug, um wie die Spitze eines giftigen Pilzes auszusehen.

Das Glied hatte es leicht nach links geneigt, während viele lila Streifen entlang seiner Länge verstreut waren.

Die große Vene unter seinem Schwanz war extrem fett und geschwollen und der Gedanke daran, wie viel Sperma sie tragen könnte, ließ Juliet erwartungsvoll auf ihre Unterlippe beißen.

Julieta küsste sanft den großen Kopf seines Schwanzes und als sie ihrem alten "Paten" etwas Respekt zeigen sollte, legte sie ihre Hände auf seine Waden.

Sie schob nur ihren Kopf zwischen seine engen Lippen und fuhr mit ihren Händen über seine Waden.

Ihre kleine Zunge begann Kreise um das rosa Loch zu ziehen, als ihre langen roten Nägel langsam die Haut ihrer Waden kratzten.

Das unerbittliche Spiel von Julietas Zunge in seinem empfindlichen Loch war die süßeste Qual, die Herr Sánchez jemals erlebt hatte: Seine Frau berührte sein starres Organ kaum, geschweige denn steckte es in seinen Mund.

Nur indem er sich an seine Grenzen stößt, gelingt es ihm, den unwiderstehlichen Drang zu unterdrücken, seinen Schwanz in einer rauen Bewegung tief in ihren Mund zu stecken, ihren Hals vollständig zu füllen und sie zu würgen, bis sie würgt.

Julieta saugte und knabberte am Kopf, als würde sie ein köstliches Eis genießen, während sie gleichzeitig die Haut des Mitglieds mit ihrer rechten Hand auf und ab schüttelte und mit der anderen seinen rechten Oberschenkel streichelte.

Herr Sánchez konnte nicht anders und begann zu stöhnen und fragte sich, wie lange es dauern würde.

Er wollte, dass das ewig so bleibt, also versuchte er sich darauf zu konzentrieren, die Börsenseite zu lesen, und wollte seine Ladung nicht zu früh abschießen.

Es war eine harte und mühsame Anstrengung, als Juliet anfing, ihren Kopf aggressiv zu schütteln, ihren Kopf nach links und rechts zu drehen und immer mehr die Länge seines Schwanzes zu schlucken.

Plötzlich ließ sie seinen Schwanz mit einem 'PLOP'-Geräusch vollständig aus ihrem Mund kommen und ging zu seinen Hoden hinunter.

Seine rechte Hand traf ihr Organ auf seinem Bauch und seine Zunge begann entlang und um die haarigen Kugeln zu laufen.

Herr Sánchez begrüßte diese kleine Pause, weil er gerade seine Zeitung zerreißen und seinen warmen Mund ohne Vorwarnung mit seiner kostbaren klebrigen Flüssigkeit füllen wollte.

Juliet war in ihrer eigenen Welt und leckte und saugte diese großen haarigen Eier und es machte ihr nichts aus, auch ein paar alte graue Haare zu schlucken.

Er steckte eifrig Ball für Ball in seinen Mund und saugte so viel er konnte wie ein Staubsauger; Er wollte diese weichen "Eier" so sehr verschlingen, dass es ihm egal war, ob eines von ihnen tatsächlich in seiner Kehle steckte.

Nachdem sie diese faltigen Kugeln mit ihrem Speichel beschmiert hatte, legte sie ihre Zunge an die Basis seines Schwanzes und leckte sich bis zu seinem Kopf.

Als er oben ankam, schluckte er sofort seinen Kopf und begann langsam seine Lippen zu schieben, um wenn möglich alles in seinen Mund zu stecken.

Die ersten paar Zentimeter waren leicht zu handhaben, aber dann wurde die Aufgabe schwieriger.

Er öffnete seinen Mund weit und dann begann er sie langsam aber stetig zu schieben und drückte die zusätzlichen Zentimeter in ihren glatten Hals.

Es schien, als wären Stunden vergangen, als ihre Lippen die Basis seines Schwanzes erreichten, aber es waren wirklich nur ein paar Minuten.

Sie würgte laut und warf den Kopf zurück, ließ Mr. Sanchez 'glänzenden Schwanz wie ein marmoriertes Pendel von links nach rechts schwingen.

Juliet holte tief Luft und packte sofort seinen Schwanz und schob ihn wie eine hungrige Tigerin zurück in ihren Mund.

Sie schüttelte ein paar Mal hastig den Kopf über ihn und schaffte es dann, sich ständig nach links und rechts zu schütteln, wieder in sie einzutauchen.

Als er spürte, wie sich seine Nasenlöcher mit seinen Schamhaaren füllten, wusste er, dass er es geschafft hatte.

Sie feierte ihren Sieg, indem sie ihre engen Lippen für einige Zeit um die Basis von Mr. Sanchez 'Schwanz drehte, bis sie nach Luft schnappte.

Mr. Sánchez wagte es nicht, den Blick von der Zeitung abzuwenden und zu sehen, was Julieta mit ihm machte, denn wenn er sah, wie sie ihn mit dem Mund fickte, würde er sicherlich in einer gigantischen Welle von Sperma explodieren, die das gesamte Motel, die nächstgelegene Stadt, zerstören könnte und nur Gott wusste was noch.

Ohne eine Vorstellung von der Situation von Herrn Sánchez zu haben, war Julieta ohne weiteres zu ihren "Pflichten" zurückgekehrt.

Sie hatte seine Eier mit der linken Hand festgehalten und fütterte ihren aufnahmefähigen Mund immer noch mit Mr. Sánchez 'rutschigem Schwanz, wobei sie darauf achtete, ihren Kopf auch auf dem Dach des Mundes zu reiben.

Herr Sánchez fühlte sich unwohl und Julieta spürte es sofort.

Er dachte, dass Herr Sánchez diese Art der Behandlung nicht besonders mochte, obwohl viele Männer daran sterben würden, und beschloss, seinen Kopf an einer viel weicheren Stelle auf seinem Mund zu reiben.

Gehorsam neigte er den Kopf nach links und führte das steife Organ in seine rechte Wange.

Der voluminöse Kopf von Mr. Sanchez 'Schwanz verzerrte sofort seine rechte Wange in unglaublichem Maße.

Julieta war sehr glücklich, als sie ihn wie ein verwundetes Tier stöhnen hörte und weiter mit seiner weichen Wange fickte, die ihren geneigten Kopf sehr schnell auf und ab bewegte.

Herr Sánchez: Verdammt, Mädchen! Sie werden mir einen Herzinfarkt geben ... Ich möchte abspritzen! JETZT! Hören Sie auf, was Sie tun, und lassen Sie mich rennen ... Ich möchte abspritzen, auch wenn dies der Moment ist Das Letzte, was ich tun werde ... Entferne deinen unersättlichen Mund ... Tu es jetzt! "

Julieta: OH, SEÑOR SÁNCHEZ! Ich fürchte, ich kann Sie das nicht tun lassen. Nach all den Anstrengungen, die ich bisher unternommen habe, denke ich, dass ich mehr als das verdiene. Ich habe Ihren Schatz noch nicht 'gegessen'!

Herr Sánchez: Sind Sie verrückt? Worüber reden Sie? Hören Sie auf zu murmeln und steigen Sie von meinem Rücken. Was haben Sie wohl die ganze Zeit getan? Sie essen mich lebendig! Jetzt gehen Sie weg, ich möchte gehen. Mir wird etwas Schlimmes passieren, wenn ich meinen Samen jetzt nicht ausstoße! "

Juliet: Auf keinen Fall! Du weißt nicht, was ich für dich auf Lager habe. Als ich sagte, ich hätte deinen Schwanz nicht "gegessen", meinte ich es ernst! Wörtlich! Denk daran, ich habe nicht gefrühstückt, also habe ich

Hunger. Also gib mir eine Sekunde und du wirst sehen, was ich meine ...
"

Herr Sánchez: "Süßer Jesus! Was wird mit mir passieren? Was macht dieses verrückte kleine Mädchen? Ich wage nicht zu denken ..."

Julieta ging zu dem Tisch, an dem sie das Tablett verlassen hatte, und nahm zwei Scheiben Brot.

Er kniete sich vor Herrn Sánchez und legte seinen Schwanz zwischen die Scheiben.

Herr Sánchez konnte nicht glauben, was er sah.

Diese kleine Schlampe würde tatsächlich sein unglückliches Mitglied verschlingen!

Er versuchte zu protestieren, aber dafür war es zu spät.

Juliet hatte seinen Schwanz bereits zwischen den Scheiben eingesperrt und war bereit, sein köstliches "Sandwich" zu probieren.

Er saugte an der Spitze seines Schwanzes, um sich zu entspannen, und nahm dann einen großen Bissen aus seinem Sandwich, ohne Mr. Sánchez 'pochendes Fleisch zu beschädigen.

Sie schluckte und saugte dann noch einmal an dem sperrigen Kopf, bevor sie einen weiteren Bissen nahm.

Herr Sánchez schüttelte unwillkürlich seinen Rücken und vergrub mehr von seinem Schwanz in ihrem Mund.

Sie saugte es tief in seinen Hals, zusammen mit einigen Semmelbröseln, die Mr. Sánchez auf seiner empfindlichen Haut kitzelte.

Julieta ließ es aus ihrem Mund und begann an der weichen Kruste der Scheiben zu knabbern und zu saugen, die immer noch den Kopf bedeckten, und brach sie vollständig zusammen.

Herr Sánchez stöhnte laut und sprang vor, als wollte er nur mit der Spitze seines Schwanzes die Decke des Raumes erreichen.

Sein Schwanz begann überall zu schießen wie ein Maschinengewehr vom Kaliber fünfzig und schöpfte aus seinen letzten Samenreserven, die seit Jahren nicht mehr benutzt worden waren.

Juliet griff nach dem Pumpenhammer und führte ihn zu ihrem Gesicht.

Er war sich der Gefahr bewusst, mit einer unkontrollierbar geladenen Waffe zu spielen.Immerhin hatte sie sehr hart für ihre "Munition" gearbeitet.

Ein großer Strom von dieser 'veralteten Pistole' traf sie am linken Auge, ein anderer ging vom Nasenrücken ab und ein dritter ging hinter ihrem Kopf verloren.

Julieta hielt es nicht für ratsam, so wertvolle „Munition" wie diese zu verschwenden, und richtete sie sofort auf seinen Hals, schüttelte das Mitglied sehr schnell und legte ihre langen Nägel auf seine Hoden.

Herr Sánchez schoss noch ein paar Schüsse direkt in seine Kehle und ließ sich dann völlig erschöpft auf seinen Stuhl fallen.

Juliet schluckte alles und dann nahm sie mit offensichtlichem Vergnügen seinen weichen Schwanz und rieb ihn sanft über Stirn, Augen, Nase, Wangen und Kinn, während noch Samenflüssigkeit tropfte.

Dann nahm er die Reste der Brotscheiben und wischte sich damit das Sperma vom Gesicht.

Sie benutzte sie auch, um Mr. Sánchez 'Schwanz zu reinigen und zu trocknen.

Juliet konnte jetzt ihr hart verdientes Frühstück haben!

Sie aß die Scheiben mit äußerster Freude und leckte sich die Finger wie ein fröhliches Kätzchen.

Plötzlich sah sie Semmelbrösel zwischen Mr. Sánchez 'Schamhaaren ...

Na was zum Teufel!Es gibt immer eine zweite Runde!

ENDE

WILDES WILLKOMMEN
ERIKA SANDERS

Susan lag auf der Couch und dachte an ihren Partner.

Sie liebte ihn von ganzem Herzen und ihr Traum war es, dass er mit Vorspiel tat, was er wollte.

Leck und lutsche sie, bis es sich lohnt, für ihre Ekstase zu sterben.

Dann fick sie mit Sex, der stärker ist als die Schöpfung.

Es war so eine langweilige Nacht.

Susan lag in ihrem rosa Seiden-BH und Höschen auf der Couch und sah sich einen Film an.

Aber Susan dachte an ihren Freund, seinen schönen Körper, seine grünen Augen und sein dunkelbraunes Haar.

Susans Zunge spähte aus ihren Lippen, als sie an ihn dachte. Lust erfüllte ihren Geist und Körper.

In diesem Moment hörte Susan, wie sich die Tür öffnete, er war endlich da.

Aufgeregt und nass sprang sie auf und rannte zur Tür.

Dort stand er in seiner Jeans und einem weißen T-Shirt.

Er ging in den Raum und bemerkte Susans schöne, schwebende Brüste, als sie vor Aufregung fast aus ihrem BH fielen.

Er packte sie an der Taille, zog Susan zu sich und küsste sie tief.

"Ich bin so verdammt geil", flüsterte Susan mit ihrem warmen, feuchten Mund. "Fick mich jetzt."

Er brauchte keine zweite Einladung und schob Susan zum Küchentisch.

Er zog sein Hemd aus, machte das Licht aus und verdunkelte den Raum.

Susan lag auf dem Tisch, ihre Brustwarzen spähten jetzt durch ihren weißen BH und ein nasser Fleck bildete sich auf ihrem passenden Höschen.

Er trat näher an sie heran und bildete eine Ausbuchtung in seiner Jeans.

Er beugt sich über Susan, küsst sanft ihren Bauch und leckt alles darüber.

Susan schnappt vor Vergnügen nach Luft und ihre Hände greifen nach seinem Kopf, um ihn näher zu bringen.

Er leckte und küsste ihren Bauch weiter und bewegte sich von Zeit zu Zeit zu ihrer Muschi hinunter, die immer noch von ihrem Höschen bedeckt war, um heiße Luft auf sie zu blasen.

Er packt ihre Unterwäsche mit den Zähnen und zieht sie mit einer schnellen Bewegung nach unten.

Er wirft sie auf den Tisch und schnüffelt an ihren Schamhaaren.

Susan beginnt zu stöhnen und schwer zu atmen.

Er vergräbt sein Gesicht in ihrer feuchten Muschi und hebt seine Hand, um ihren BH zu entfernen.

Susans freche Brüste laufen über ihre weichen Hände.

Er leckte noch einmal sanft an Susans Schlitz, bevor er zum Kühlschrank ging.

Er öffnete es und holte eine Schüssel Erdbeeren heraus. Er nahm zwei von ihnen und legte einen auf Susans Bauch und den anderen zwischen ihre Brüste.

Er leckte die Erdbeere an seinem Nabel und aß sie danach.

Er fuhr fort, ihren Körper von unten nach oben zu lecken und ging schließlich zur nächsten Erdbeere über.

Er leckt Susans Dekolleté und bewegt die Erdbeere zwischen ihren Brüsten auf und ab.

Susan stöhnt über das ungewöhnliche Gefühl.

Er bewegt die Erdbeere weiter und tiefer in Susans Körper, bis er ihre Muschi erreicht, indem er die Erdbeere mit seiner Zunge drückt.

Susan schnappte nach Luft und er konnte sehen, wie sich ihre Muschi mit der Erdbeere zusammenzog, die mit ihren Säften bedeckt war.

Er schob die Erdbeere tiefer in ihre Muschi.

Er bedeckte sie mit seinem Mund, der sanft saugte, bis die Erdbeere wieder in seinem Mund war; jetzt mit Säften aus Susans Muschi bedeckt.

Er nippte an der Erdbeere, aß sie und rollte Susan auf ihren Bauch.

Mit ihrem Hintern in der Luft streichelte sie es.

Er schlug Susan sanft auf den Arsch, bevor er auf ihren Arsch tauchte und ihn leckte und Hickeys überall auf ihrem Arsch zurückließ.

In der Nähe stand ein Glas Honig. Er griff hinein und rieb es auf Susans Lippen.

Dann steckte er seine Zunge tief in sie und brachte Susan zum Stöhnen.

Er saugte seine Zunge tief in ihre Muschi.

Susan stöhnte laut und sagte:

"Fick mich jetzt."

Er zog seine Jeans aus und sein Schwanz pochte.

Jetzt nackt ragt sein Schwanz groß und stark heraus.

Er packte Susan und fuhr mit seinen Händen über ihre inneren Schenkel, wobei er seinen Schwanz direkt vor ihren Eingang legte.

Er rieb seinen Kopf an ihrer Nässe; Sanft teilte sie ihre Lippen und schob sanft den Kopf seines Schwanzes.

Ein Stöhnen entkam Susans Lippen, als sie spürte, wie die Spitze seines Schwanzes in sie eindrang.

Susan stöhnte lauter, als er den Rest seines riesigen harten Schwanzes in ihre Muschi schob.

Als er sie alle füllte, drückte sie die Wände ihrer Muschi und brachte ein Stöhnen von sich.

Er fing an, seinen Schwanz in Susans Muschi hinein und heraus zu pumpen und fuhr mit jedem Schlag mehr und mehr.

Er schlug weiter auf ihre Muschi ein und Susan stöhnte immer lauter.

Er packte ihre Schenkel, schlug härter als je zuvor und knurrte, als er mit seinem massiven Schwanz in Susans Körper eindrang.

Susan schrie:

"Das fühlt sich so gut an, Baby, fick mich härter."

Er knallte seinen Schwanz fester in Susans Muschi und spürte die Ansammlung von Sperma an der Basis seines Schwanzes.

Seine Eier treffen mit seiner Bewegung auf Susans Arsch.

Susan stöhnte lange und bekam einen wilden Orgasmus, ihre Muschi drückte seinen Schwanz, also fing er auch an zu orgasmen.

Sperma spritzte aus seinem Schwanz, der erste Strom drang in Susans Muschi ein.

Aber er zog sich zurück und ließ den Rest zurück, um seinen Körper zu besprühen.

Gerade als ihr Orgasmus nachließ, steckte er seine Finger in ihre Muschi, pumpte sie schnell und schickte Susan wieder zum Orgasmus.

Susan stöhnte und ging über den Tisch, zog ihn über sich und küsste ihn tief.

Sein Schweiß und sein Sperma vermischten sich über beide Körper.

Nachdem beide sich entspannt hatten, sagte er:

"Es ist schön, so empfangen zu werden."

.

ENDE

VERRATEN
ERIKA SANDERS

Kapitel I

Becky hörte das Klicken des Schlüssels im Schloss.

Er rannte die Treppe hinunter, schaltete das Flurlicht ein und öffnete die Tür.

Jack war dort im Regen, die Kapuze über seinen Kopf gezogen, der Schlüssel in seiner Hand stehen geblieben, als seine dunklen Augen sie anstarrten.

"Oh mein Gott, du bist gekommen", sagte Becky fröhlich.

Sie sprang vor und schlang ihre Arme um seine Schultern, umarmte ihn und spürte, wie der Regen, der ihren Mantel bedeckte, auf ihre enge Kleidung sickerte.

Es war ihr egal.

Ihr Mann war hier und das war alles was zählte.

Sie befreite Jack von einer überschwänglichen Umarmung und legte ihre durchnässten Hände auf sein Gesicht.

Sein ernster Gesichtsausdruck hatte sich nicht verändert.

"Was ist los?", Sagte sie.

"Wir müssen reden."

Becky spürte, wie ihr Magen zuckte, aber sie trat beiseite, um Jack hereinzulassen und seine nassen Stiefel auszuziehen.

Sie ging ins Wohnzimmer und rieb sich nervös die Arme, während sie darauf wartete, dass Jack die schlechten Nachrichten überbrachte, was auch immer es war.

Dann ging er ins Wohnzimmer, immer noch mit einem ernsten Gesichtsausdruck.

"Geben Sie uns bitte etwas zu trinken", sagte er.

Becky ging zum Schnapswagen und schenkte zwei Brände ein.

Ihre Hand zitterte, als sie ihm eine der Gläser reichte und ihre schnell trank.

Jack kam mit ziemlich feuchten Socken zum Stuhl.

Das Bild, das er so gab, war ein bisschen komisch.

Sie hätte gelacht, wenn es nicht den angespannten Moment gegeben hätte.

Er saß auf der Sitzkante, ließ sich nicht nieder und zog seinen Mantel nicht aus, als er sich darauf vorbereitete, die schlechten Nachrichten zu überbringen.

Er nahm einen großen Schluck Brandy, bevor er sprach.

"Sie weiß alles über uns", sagte er, nachdem er den Schnaps mit einem letzten Seufzer genommen hatte.

Becky spürte, wie ihre Knie schwach wurden und ihr Herz raste.

Er schenkte sich noch ein Glas Brandy ein.

Er ging zur Couch vor Jack und setzte sich.

"Wie?" Sagte er nach einem weiteren Schluck der warmen Flüssigkeit.

"Ich sagte."

Becky runzelte die Stirn.

"Hast du es ihm gesagt? Wofür zum Teufel?

"Ich konnte es nicht mehr ertragen."

Becky stand auf.

"Bitte sag mir, dass du Witze machst, Jack."

Er schüttelte leugnend den Kopf.

"Warum würdest du deiner Frau sagen, dass du sie betrügst?"

Jack sah unter seinen buschigen Augenbrauen auf, die ihn wie einen schelmischen Welpen aussehen ließen.

"Ich konnte nicht sehen, dass sie gleichgültig und ruhig war, als sie unser schmutziges Geheimnis weiter verbarg."

"Unser schmutziges Geheimnis ist, dass es ihm nur geht?" Dachte Becky.

„Nun, was hat sie gesagt?", Sagte Becky und tat so, als hätte sie den letzten Kommentar nicht gehört, als sie von einer Seite des Raumes zur anderen ging.

"Sie ist bereit, uns eine weitere Chance zu geben. Wenn dies aufhört."

Becky blieb stehen und sah Jacks Gesicht an.

"Wir? Du meinst, du und sie sind zusammen, nachdem ich es ihr gesagt habe?"

Jack nickte.

"Wirst du mich einfach so verlassen? Weil sie es sagt?"

"Sie ist meine Frau."

"Und was war ich?"

"Du weißt was das war. Ich habe dir gesagt, ich würde meine Frau niemals verlassen. Das war immer Sex zwischen dir und mir."

„Du weißt was das war. Vergangenheit. Es war schon vorbei in seinem Kopf. Wie konnte er mir das antun? '

Obwohl er gesagt hatte, er würde Mary niemals verlassen, dachte Becky, sie könnte ihn davon überzeugen, dass sie wirklich die Frau war, die er brauchte.

Und so ist es nicht?

Es schien nicht.

Jack hatte seinen Drink beendet und stand auf, um zu gehen.

Becky ging zu ihm hinüber.

"Ist das alles dann?", Sagte sie und starrte ihn an. "Wirst du es so fallen lassen und gehen?"

Jack seufzte, als er sie wegschob, um den Flur entlang zu gehen.

"Becky, ich habe Kinder", sagte er jetzt verärgert.

Oh nein, so einfach würde er nicht rauskommen.

Früher war alles Komplimente und spöttische und erotische Botschaften, mit vielen Küssen am Ende, um mich zu verzaubern.

Das ist es, was jeder tut, um das zu bekommen, was er will.

Wenn sie dann genug haben, werden sie defensiv und versuchen, dich loszuwerden.

Jacks wahres Gesicht zeigte sich jetzt.

Sie war für ihn nichts weiter als ein Stück Fleisch gewesen, ein leichter Fang.

Ein Abschaum.

Eine Hure.

So hatten Männer sie immer behandelt. Jack würde nicht anders sein.

"Na und? Viele Leute lassen sich heutzutage scheiden. Kinder kommen darüber hinweg. Sie haben immer noch beide Eltern", sagte sie kalt.

"Das sind Kinder, Becky", schnappte Jack. "Sie brauchen eine Familie. Sicherheit. Ein Vater, der immer da ist. Nicht einer, der ein paar Mal pro Woche auftaucht."

Und ich? sie dachte etwas egoistisch.

Die Frau, die keine Kinder haben kann.

Die Frau, die immer und immer dauerhaft steril sein wird und einem Mann keine Familie geben kann.

Das Phänomen.

Das seltene.

Der, der nur zum Spaß, zum Ficken gut ist.

Wer würde sie wirklich lieben?

"Ich gehe zu dir nach Hause", drohte er. "Ich werde ihr sagen, was wir getan haben. Wie du mich in deinem Auto in den Wald gefahren und mich auf dem Rücksitz gefickt hast. Wo ihre Kinder jeden Tag auf dem Schulweg sitzen. Wie du mich in dasselbe Restaurant gefahren hast, in dem du ihr vorgeschlagen hast. Sehen Sie, ob sie es sich dann anders überlegt."

Jack drehte sich in der Tür um und seine Finger verließen die Kapuze, die er gerade über seinen Kopf heben wollte.

"Du wirst es nicht tun".

"Sieh mich an."

Becky sah zum ersten Mal einen Ausdruck in Jacks Augen, den sie zuvor bei vielen Männern gesehen hatte.

Der Ekel.

Was sie zwischen sich hatten, was auch immer für ihn gewesen war, war verschwunden.

Sie wusste, dass sie das niemals zurückbekommen würde.

Ihre Oberlippe kräuselte sich, als sie die Kapuze über ihren Kopf zog und sich nach unten beugte, um ihre Stiefel zu greifen.

Becky spürte, wie die Wärme aus ihrem Fleisch verschwand, das kalte Gefühl, zurückgelassen zu werden.

Aufgabe.

Sie hatte es schon zu oft gefühlt.

"Du kannst mich nicht einfach verlassen, Jack", flehte sie und spürte den vertrauten Strom von Tränen aus ihren Augen.

"Es ist vorbei", schnappte er und seine Stimme verzog sich vor Wut.

"Tu mir das nicht an, Jack. Bitte!"

Er knotete die Spitze seines Stiefels, richtete sich auf und beobachtete sie unter dem Schutz seiner Kapuze.

"Komm nicht mehr in meine Nähe oder zu meiner Familie. Wenn du das tust, rufe ich die Polizei."

Er hob die Hand und ließ seinen Schlüssel auf den Boden fallen.

Der Schlüssel, den sie ihm gegeben hatte, in der Hoffnung, dass er dies als sein wahres Zuhause sehen würde, in dem er schließlich dauerhaft leben würde.

Es war der letzte Stich in sein Herz.

Er riss an der Tür und machte einen schnellen Schritt in den Garten.

Becky stand auf der Matte, ihre Wangen glänzten vor Tränen im hellen Licht des Wohnzimmers und beobachteten, wie ihre große Gestalt durch den Regen schritt.

Von ihr weg.

Zurück zu seiner Familie.

Für immer aus seinem Leben.

Kapitel II

Becky sah in ihr Glas und spürte, wie sich ihr Kopf drehte.

Der Whisky hinterließ einen sauren und bitteren Geschmack auf seiner Zunge.

Mit zitternden Fingern hob sie das Glas auf und warf es gegen die Wand des Kamins.

Es kollidierte mit dem Spiegel, wodurch Glassplitter explodierten und dann auf den Boden und den dicken Teppich fielen.

Sie sprang von der Couch und marschierte zum Telefon.

Tränen stiegen in ihren Augen auf, als sie den Hörer abnahm, aber sie sagte sich, dass sie nicht mehr weinen würde.

Sie biss sich auf die Lippe und wählte entschlossen die Nummer.

Nach wenigen Augenblicken antwortete eine schroffe Männerstimme.

"Hallo?"

"Harry, ich bin Becky", sagte er und unterdrückte seine Trunkenheit mit einem Schmunzeln.

"Becky? Jesus, was rufst du gerade an? Es ist zwei Uhr morgens."

"Es tut mir leid. Es ist nur so ... ich muss mit jemandem zusammen sein."

"Was? Im Moment?"

"Ja."

Er hörte ein Rascheln am anderen Ende der Leitung, das Knacken seiner Kehle, getrocknet von Harrys Zigaretten, als er sich um das Bett bewegte.

"Weckst du mich wirklich mitten am Morgen für einen Fick auf?"

Becky spürte bei seinen Worten einen Knoten in ihrem Bauch.

Was, wenn sie wirklich niemanden brauchte, der sie zufriedenstellte?

Harry war das jedoch egal.

Er war nur ein typischer Mann, der nur eines im Sinn hatte.

Sie stoppte die Versuchung zu explodieren.

"Warum nicht? Es ist so gut wie jeder andere Moment", sagte sie etwas aufgeregt.

"Ich muss um sechs wach sein."

"Na und? Du kannst morgen Nacht schlafen. Und zumindest wirst du zufrieden zur Arbeit gehen, anstatt zu gähnen."

"Ich bin gerade mit gebrochenem Herzen. Der einzige Weg, nicht zur Arbeit zu gähnen, ist noch ein paar Stunden Schlaf und keine Bewegung."

Becky kniff frustriert in die Lippen und griff nach ihren Zigaretten, die neben dem Telefon standen.

Er zündete einen an und nahm einen langen, tiefen Zug, dann rieb er seinen Daumen über seine Schläfe, als er dicken Rauch ausblies.

"Ich werde tun, was immer du willst", sagte sie und das Nikotin gab ihr genug Kraft, um ihn zu verführen.

"Das was?", Sagte Harry.

"Ich werde meine Zunge in deinen Arsch stecken. Ich werde dich essen, wie ein Mann eine Frau isst."

Es gab eine Pause und er konnte fühlen, wie Harry am anderen Ende nachdachte.

Nicht viele Frauen waren bereit, den Arsch eines Mannes zu essen und Harry hatte einen besonders empfindlichen Anus, seine Zunge hatte die Fähigkeit, seinen ganzen Körper gleichzeitig zu beugen und zu schreien.

Es schien jedoch, als wäre er heute Nacht wirklich müde. Selbst das war nicht genug, um ihn in Versuchung zu führen.

"Oh, Becky. Hättest du nicht zu einem besseren Zeitpunkt anrufen können?

"Ich werde meinen Riemen anziehen. Ich werde dir einen langen harten Fick geben. Willst du das, Harry? Eins. Lang. Hart. Fick."

Harry klang nervös und aufgeregt, als er antwortete.

Becky wusste, dass sein Schwanz durch ihren ausdrücklichen und ekelhaften Mut unter der Decke steinhart geworden war.

Aber egal, womit sie ihn verführen wollte, er sah aus, als würde er sich nicht bewegen.

"Entschuldigung, Becky. Ich muss vorbeischauen. Wie wäre es mit Freitagabend?

Becky sah den Aschenbecher auf dem Kaffeetisch und drückte ihre Zigarette aus.

"Du bist wie alle Männer, richtig? Du denkst, ich renne, wenn du sagst. Nun, weißt du was Harry? Du kannst dich selbst ficken. Das war deine letzte Chance und du hast sie einfach verpasst."

"Was ... Becky?"

"Tschüss, Harry. Schlaf tief, wenn du kannst. Verdammt!"

Er knallte das Telefon auf den Hörer.

Becky saß einen Moment auf dem Bett, ihr Herz raste, ihr Blut kochte, eine Million verschiedener Gedanken wetteiferten um den Vorrang in ihrem Kopf.

Wie konnten sie ihm das antun?

Und wieder.

Und warum ließ sie sie das immer wieder tun?

Immer wieder in dieselbe alte Falle tappen.

Sie wusste, was Psychiater sagen würden.

Sie schätzen sich nicht genug.

Wie können Sie erwarten, Respekt zu erhalten, wenn Sie sich selbst nicht einmal respektieren?

Nun, das fällt ihnen leicht zu sagen.

Sie wollen wissen, wie es ist, sich wie eine Hure zu fühlen, die es Männern erlaubt, ihren Körper wie einen schmutzigen Lappen zu benutzen.

Eine Mutter, die mit ihren Freunden ficken und ihre Tochter allein zu Hause lassen würde, kalt und hungrig, ohne dass jemand sie wollte.

Eine Frau, die sie jahrelang davon überzeugt hat, dass ihr Vater sie nicht liebte.

Dass er sie wegen ihm verlassen hatte.

Als die Wahrheit war, dass er von der Unterwerfung, der er von ihr ausgesetzt war, eingeschüchtert und zu verängstigt war, um zu seiner Schreckensherrschaft zurückzukehren.

Becky vergrub ihr Gesicht in ihren Händen und ließ die Tränen über ihre Handflächen fließen.

Du hast mich verlassen, Papa.

Wie kannst du mich mit dieser Psychoschlampe zurücklassen?

Sie setzte sich auf und zwang sich, die Tränen zu stoppen.

Traurigkeit verwandelte sich in Wut wie das Umlegen eines Schalters.

Sein Vater war ein verdammter Feigling.

Wie alle Männer.

Sie gingen kontrolliert von den Bällen, die zwischen ihren Beinen schwangen, hatten aber nicht den Mut, sie zu benutzen.

Das konnte nur eine Frau.

Der Schmerz war zu viel.

Becky brauchte Sex.

Es war das einzige, was sie beruhigen würde.

Sex würde den Schmerz in ihr lindern.

Schmerz, weil sie nicht geliebt und zurückgewiesen wurde, wodurch sie sich wie eine schmutzige Wegwerfhure fühlte.

Für ein paar kurze Momente ein leidenschaftlicher Kuss, ein lustvoller Drang, der sie zum Orgasmus bringen würde, und sie würde sich geheilt fühlen.

Alles wieder gut.

Geliebt.

Das einzige Problem war, dass es zur Sucht geworden war.

Und sobald alles vorbei war, nachdem die Männer gegangen waren und zu ihren Frauen oder der nächsten Frau zurückgekehrt waren, die bereit war, ihre Beine zu spreizen, würde dieser dunkle Ort zurückkehren.

Bis zur nächsten Lösung.

Becky konnte es nicht mehr ertragen.

Genug war genug.

Diesmal würde jemand bezahlen.

Kapitel III

Rache ist süß.

Zumindest sagen sie das.

Becky dachte darüber nach, als sie ihr langes schwarzes Haar im Schminktischspiegel bürstete.

Sie war nackt, abgesehen von einem schwarzen Höschen, das mit einer kleinen roten Schleife geschmückt war.

Ihre 43 Jahre alten Brüste waren so fest wie die einer zehn Jahre jüngeren Frau.

Es war einer der positiven Aspekte, keine Kinder bekommen zu können.

Sie hat ihre Figur und ihren herrlichen Charme länger beibehalten.

Als die Borsten der Bürste durch ihre Haare glitten, erlebte sie eine Ruhe, die sie seit Jahren nicht mehr gefühlt hatte.

Endlich baute sich etwas in ihr auf.

Sie werden kein Opfer mehr sein.

Sie kämpfte.

Sie würde eine Kriegerin sein.

Sie wählte einen dunkelroten Lippenstift aus ihrem Make-up und trug ihn vorsichtig auf ihre Lippen auf. Sie fügte ein wenig Fülle hinzu, indem sie einen zusätzlichen Millimeter um den Rand gab.

Die Farbe ergänzte ihr dunkles Haar und ihre olivgrüne Haut und verlieh ihr einen leicht mediterranen Look, der nicht weiter von ihrem britischen Erbe entfernt sein konnte.

Sie musste zugeben, dass es gut aussah.

Sie hatte vielleicht ein wenig Härte in ihrer Stimme von so vielen Zigaretten und einer beschissenen Kindheit, ganz zu schweigen vom Trinken, aber sie wusste, wie man sich zum Sex zeigt.

Sie hatte diese Fähigkeit von ihrer Mutter gelernt, und als sie bemerkte, wie hart die Mädchen aus dem Norden waren, hatte sie auch gelernt, sie zu ihrem Vorteil einzusetzen.

Sexy Girls hatten Macht.

Sie konnten Männer mit ihrem Körper, ihrem Geruch und einem provokanten Blick kontrollieren.

Als Becky darüber nachdachte, wurde ihr klar, dass sie so viele Jahre überleben konnte.

Er stand auf und ging zum Ganzkörperspiegel.

Er lehnte ihren Kopf zur Seite und umfasste ihre Brüste.

Sie schmollte über ihre frisch gestrichenen Lippen.

Ja, es sah gut genug aus, um etwas Leckeres zu essen.

Und um dich auch zu essen, dachte sie mit einem sinnlichen Lachen.

Auf dem Bett lag ein rotes Kleid.

Kurz.

Sehr provokativ.

Niedriger Ausschnitt, um ihre Brüste zu zeigen.

Sie schob ihre nackten Füße in ihn und zog ihn die Länge ihres Körpers hoch.

Sie sah sich im Spiegel an, drehte sich um und befestigte ihn.

Sie bewunderte den seidigen Stoff, der an den Hüften faltig war und ihre typische Sanduhrform betonte.

An der Tür stand eine Reihe hochhackiger Schuhe.

Becky ging hinüber und schlüpfte in ein rotes Paar.

Die heutige Farbe war scharlachrot.

Rot für Blut und Mord.

Kapitel IV

Der Taxifahrer hielt vor dem Club.

Becky bemerkte, dass zwei Gorillas an den Türen standen.

Er bezahlte den Taxifahrer und trat auf die Straße, die von der Straßenlaterne beleuchtet wurde. Die sanfte Luft berührte seine nackten Schultern, als die Clubmusik unter seinen Füßen schlug.

Sie schloss die Kabinentür, ging zum Eingang und legte den Riemen ihrer kleinen roten Tasche über ihre Schulter.

Treffpunkt Es war ein moderner Herrenclub, der vor ein paar Jahren in der Stadt aufgetaucht war.

Männer jeden Alters gingen in ihren angesagtesten Anzügen, die in Aftershave-Flaschen getränkt waren, dorthin und versuchten, Mädchen aus dem Norden anzuziehen, die wie Hündinnen in der Hitze zu ihrem Geruch strömten.

Becky war keine Ausnahme.

Aber heute Nacht hatte sie sich besonders auf einen Mann konzentriert.

Der Ort war voller Aktivitäten, beschäftigt für eine Nacht unter der Woche.

Auf der einen Seite des Raumes trat ein Sänger auf der Bühne auf, und auf der anderen Seite war die Bar voll mit älteren Leuten, die sich über Biergläser gebeugt hatten.

Männer und Frauen saßen in einem großen Bereich mit Tischen in der Mitte des Raumes, plauderten und sahen zur Bühne auf.

Becky ging zur Bar und rief einen hübschen jungen Barkeeper mit dem Spitzenhaarschnitt einer Witwe an.

"Ist Ricky heute Nacht hier?", Fragte sie.

Der Kellner nickte. "Hinter."

Becky lächelte ihn an und trat von der Theke zurück, als sie bemerkte, dass die Augen der älteren Männer von ihren Getränken zu ihr gewechselt waren.

Er sorgte dafür, dass sie einen guten Blick auf seinen Hintern hatten, als er einen Korridor entlang verschwand, der zu den Büros im Hintergrund führte.

Ricky Morris war der Besitzer von fünf Nachtclubs in der Gegend von Maine.

Er hatte in den neunziger Jahren sein Geld mit zwielichtigen Geschäften verdient und die Kette der Herrenclubs gegründet, die bei den verspielten Jungs des Nordens sofort ein Hit gewesen war.

Er war auch dafür bekannt, mit Stripperinnen und Prostituierten zu arbeiten, sie mit Kunden zu versorgen und ihre Einnahmen zu senken.

Becky traf ihn vor zwei Jahren beim Start von Meeting Place.

Von all den attraktiven Frauen und hübschen Mädchen, die an diesem Abend dort waren, war sie diejenige, an die er sich gewandt hatte.

Vielleicht erkannte er etwas von sich in ihr, eine männliche Eigenschaft, die ihre ehrgeizige und unternehmerische Natur ansprach.

Eine Frau, die sich für ihr Geld und ihr gutes Aussehen nicht verbeugen oder schmeicheln würde.

Eine Frau, die hart spielen würde, um das zu bekommen, was sie wollte.

Becky klopfte an ihre Tür, wartete aber nicht auf eine Antwort.

Als er den Raum betrat, sah er einen Fleischblitz und roch den unverkennbaren Geruch von Sex.

Eine Frau in den Zwanzigern lag auf dem Schreibtisch, ihre nackten Brüste waren durch ein Kleid freigelegt, das immer noch um ihre Taille gewickelt war.

Ricky fickte sie aus einer stehenden Position, schwarze Hosen um die Knöchel, Schweiß glitzerte auf ihrem rasierten Kopf.

Bei der Unterbrechung drehte er den Kopf.

"Scheiße." Er zog sich von der Frau zurück und Becky sah seinen großen Schwanz, entzündet von Erregung, glatt mit dem Saft der Frau.

Als er sah, wer den Raum betreten hatte, seufzte er, beugte sich vor und zog seine Hose hoch.

Die Frau am Tisch bedeckte ihre Brüste und versuchte, ihre Verlegenheit mit einem sinnlichen Lachen zu verbergen.

Kleine Schlampe, dachte Becky und ging schamlos ins Büro.

Ricky befestigte den Ledergürtel um seine Taille, als er den Kopf schüttelte, damit das Mädchen gehen konnte.

Sie bedeckte immer noch ihre Brüste, rutschte demütig vom Tisch, packte ihre High Heels und ging auf Zehenspitzen aus dem Raum.

Ricky ging um seinen Schreibtisch herum und sah Becky mit gerötetem Gesicht an.

Er zog ein Taschentuch aus der Hemdtasche, wischte sich die Stirn und griff in eine Schublade, um eine silberne Zigarettenschachtel zu holen.

„Wem schulde ich das Vergnügen?", Sagte er, öffnete die Schachtel und holte eine farbige Zigarette heraus.

Er bot Becky einen an.

Sie behielt ihn im Auge, als sie zum Schreibtisch ging und eine der Zigaretten nahm.

Es war scharlachrot.

"Überprüfen Sie die Qualität der Ware noch einmal?", Sagte er und legte die rote Zigarette zwischen seine Lippen.

Ricky kniff die scharfen blauen Augen zusammen, als er seine Zigarette anzündete und dann das Feuerzeug hochhielt, um Beckys anzuzünden.

"Was ist dein Grund, mich zu unterbrechen und hier ohne Vorwarnung einzubrechen?"

Becky holte Luft von der brennenden Zigarette.

Sie blies den Rauch, der zur Decke strömte, in einem dünnen Faden aus.

"Ich sehe, du warst in letzter Zeit beschäftigt."

Sie sah mit einem Lächeln auf den Tisch hinunter.

Die Schweißabdrücke, wo das Gesäß der Frau gewesen war, waren noch auf der Oberfläche des Glases vorhanden.

Ricky setzte sich schwer.

Becky konnte fast ihr Herz rasen hören, das Blut pumpte immer noch um ihren Körper von der unterbrochenen Sex-Sitzung.

Er musterte sie neugierig.

"Du bist fertig?"

Becky schüttelte den Kopf.

"Na und? Ich bemerke etwas anderes an dir."

Becky warf ihre Haare zurück und schaute auf das große Goldfischglas, das hinter Rickys Kopf leuchtete.

Großer Fisch in einem sehr kleinen Teich, dachte er trocken.

Er hatte vielleicht Geld und Macht über Frauen, aber als er dort auf seinem Stuhl saß und keine Ahnung hatte, was passieren würde, war er genauso schwach und erbärmlich wie jeder andere Mann.

"Ich denke, es muss das Wetter des Monats sein", sagte er trocken.

Er nahm die Tasche von seiner Schulter und legte sie vorsichtig auf die Glasoberfläche auf dem Tisch.

Ricky beobachtete ihre Bewegungen mit Interesse.

Er ging um den Schreibtisch herum und legte sein Gesäß auf die harte Kante.

Ricky drehte seinen Stuhl, lehnte sich zurück und musterte sie.

"Sie sind eifrig", sagte er vorsichtig.

"Wann bin ich nicht?", Antwortete sie.

Ricky lächelte.

Er liebte das an ihr.

Dieser kühne und willige Appetit auf Sex.

Besonders von einer Frau.

Hat ihn in Sekunden hart getroffen. Becky wartete darauf, dass sein Schwanz wieder erwachte, als sie ihren Körper bewegte, um ihre Brüste zu zeigen.

"Du bist eine Hure", sagte Ricky. "Nichts hält dich auf, richtig? Nicht einmal sorglose Sekunden in einer kleinen Schlampe.

"Sie war nur die Vorspeise. Ich bin das Hauptgericht. Der echte Sex."

Becky zog ihr Kleid an ihrem Oberschenkel hoch und schob ihre Finger zwischen ihre Beine.

Sie hatte ihr Höschen ausgezogen, bevor sie das Haus verlassen hatte, so dass sie leichten Zugang zu den nackten Lippen zwischen ihren Beinen hatte.

Er sah Ricky an und nahm einen weiteren Zug von seiner Zigarette.

Die Ausbuchtung, die in seiner Hose weiter wuchs, sagte ihr, dass er vorhatte, in Sekunden in ihr zu sein.

Ihre Muschi befeuchtete sich bei dem Gedanken, verstärkt durch das Wissen, dass diesmal die Befriedigung süßer sein würde als jede andere.

Sie legte ihre Hände auf die Glasoberfläche, hinterließ klebrige Spuren ihrer moschusartigen Fotze und manövrierte sich direkt vor Ricky in Position.

Sie legte beide Absätze auf die Armlehnen des Stuhls und spreizte ihre Beine, um ihm die volle Sicht auf das zu geben, was sich zwischen ihren Beinen befand.

Aufregung schoss durch Rickys Augen, als er nach unten schaute und die Süßigkeiten sah, die unter dem kleinen roten Kleid versteckt waren.

"Was soll ich damit machen?" Sagte er sardonisch und hob eine Augenbraue.

Mit ihren Ellbogen auf dem Tisch schaffte Becky es immer noch zu rauchen, als sie mit einem schwülen Lächeln antwortete.

Sprachlos.

Ricky drückte seine eigene Zigarette aus und drückte sie schamlos auf das Glas.

Er atmete durch ihre Nasenlöcher, vielleicht um einen duftenden Geschmack der kommenden Dinge zu bekommen, und tränkte ihre langen Finger vor ihren schönen Lippen.

"Ich werde dich essen, bis deine Muschi in meinen Mund tropft."

Becky spürte, wie ihre Vulva kribbelte, als sie ihre Muskeln zusammenzog.

Sie hatte immer einen Jungen geliebt, der gerne Muschi aß.

Ricky war glücklich, sein Gesicht mit ihrem Saft zu sättigen und Dinge mit seiner Zunge zu tun, die ihn woanders hinschicken würden.

Es wäre der humanste Weg, dachte er.

Eine euphorische Angst.

Seine großen Hände berührten ihre Knie und spreizten ihre Beine noch mehr.

Becky starrte ihn mit grimmiger Faszination an und schätzte die Erregung in seinen stählernen Augen.

Er leckte sich spielerisch die Lippen.

Becky lächelte wissend.

Dann, bevor sie etwas anderes tun konnte, war sein Kopf zwischen ihren Beinen und seine heiße, feuchte Zunge arbeitete sich in sie hinein.

Beckys Kopf fiel zurück, als sie vor Vergnügen nach Luft schnappte.

"Oh verdammt."

Ricky schüttelte unersättlich den Kopf und leckte sein klebriges Fleisch.

Essen, schmecken, den moschusartigen Geruch einatmen.

"Köstlich", hörte Becky ihn mit seinem tiefen Vermont-Akzent sagen.

Er würde nichts so Leckeres schmecken wie ihre süße Rache, dachte er.

Ricky öffnete seine Hose, zog seinen Schwanz heraus und wichste ihn mit schnellen, harten Bewegungen seines Handgelenks.

Becky fragte sich kurz, ob er ihre Muschi der vorgezogen hatte, die er vor Minuten gefickt hatte.

Dann entschied sie, dass sie sich nicht mehr darum kümmerte.

Alle Männer waren gleich.

Arschsauger, die Huren missbrauchen und Fotzen lutschen. Selbst wenn sie die Fähigkeit hätten, dich an Orte zu schicken, von denen du nie wusstest, dass sie existieren.

Rickys Zunge war göttlich!

Becky sah nach unten und sah die glänzende runde Kopfhaut steigen und fallen.

Dies war sein Moment.

Sie holte tief Luft, hielt einen Moment inne, dann brachte sie ihre Schenkel in einer schnellen Bewegung zusammen und schloss Rickys Hals zwischen ihren Beinen.

Er würgte und versuchte wegzugehen, aber ohne Erfolg.

Becky griff in die rote Tasche und zog ein Messer heraus.

Sie packte den Griff mit beiden Händen und hob ihn über Rickys Kopf.

Er plapperte weiter und packte ihre Schenkel, um sie zu spreizen.

Aber sie konnte es nicht tun.

Sie konnte das Messer nicht auf den Kopf fallen lassen.

Jetzt, da der Moment hier war, schien es keine Fantasie mehr zu sein.

Es fühlte sich wie ein Albtraum an.

Sie war keine Mörderin.

Sie konnte nicht etwas werden, was sie nicht war.

Sie hatten sie innerlich getötet und sie verachtete sie dafür, aber kaltblütig zu töten machte sie zu etwas anderem.

Es machte sie weniger als sie.

Becky ließ den Druck ihrer Schenkel auf Rickys Kopf los.

Er kam aus der Falle, keuchte und rieb sich den Hals.

"Verrückte verdammte Schlampe", schrie er. "Was spielst du?"

Becky hatte die Waffe bereits in ihrer Handtasche versteckt, bevor Ricky seinen Zorn ausspuckte.

"Ich dachte, du würdest gerne etwas Raues ausprobieren", keuchte sie und tat ihr Bestes, um die Angst in ihrer Stimme zu verbergen.

Ricky spreizte die Beine und stand auf.

"Ich konnte nicht atmen!"

Becky spielte mit ihrem Kleid und stieg vom Glastisch.

Als er aufstand, bemerkte er den Ausdruck von Zweifel in Rickys Augen.

"Ach komm schon", sagte sie. "Es hat ein bisschen Spaß gemacht."

Es gelang ihm, ein Lächeln zu behalten, als sein Herz in seiner Brust schlug.

Ricky sagte nichts und suchte in seinen Augen nach einer Art Täuschung.

Er wäre der einzige mit Blut an den Händen, wenn er wüsste, dass sie geplant hatte, ihn zu töten.

Becky ging auf ihn zu und beugte sich dicht an sein Gesicht.

Sie küsste seine gerötete Wange und hinterließ ihre scharlachrote Lippe auf seiner Haut.

"Ich habe genug für heute. Mir geht es besser", sagte sie.

Sie hob ihre Tasche vom Tisch und ging zur Tür.

Sie konnte Rickys Augen auf sich spüren.

Durchdringen.

Anklagend.

"Warte", sagte er.

Becky blieb stehen.

Sein Herz erstarrte.

Er drehte sich langsam um.

Rickys dunkler Umriss wurde von dem hellen Schein des Aquariumwassers begrenzt, als er darauf wartete, dass er sprach.

"Sie werden Ihr Geld wollen", sagte er.

Becky runzelte die Stirn.

"Welches Geld?"

"Ich bezahle immer meine Lieblingsmädchen."

Becky musterte seine Augen.

Was hat er getan?

"Du hast es noch nie gemacht."

"Es ist an der Zeit, dass ich es tue."

Er nahm ein Scheckheft vom Schreibtisch.

Er zog einen Stift aus der Hemdtasche und kritzelte etwas darauf.

Als er es zu Becky brachte, kribbelte sein Hals.

Ricky gab ihm den Scheck.

Becky nahm es und sah sich die Menge an.

Vierzigtausend Dollar.

Sie erblasste und sah Ricky ungläubig an.

"Für fällige Dienstleistungen", sagte er.

Becky sah zurück zu der starken Gestalt.

Vierzigtausend Dollar.

Er würde seine Hypothek bezahlen.

Sie könnte ein neues Auto bekommen.

Über Wasser gehen.

Neue Klamotten kaufen.

Designerschuhe.

Ricky lächelte nicht, als er sah, wie sie den Scheck studierte.

Der Blick, den er ihr zuwarf, war besorgniserregend.

Becky sah nervös in seine stahlblauen Augen.

Er wusste, dass sie versucht hatte, ihn zu töten.

Er bezahlte sie.

Nimm das Geld, lass mich in Ruhe, komm nicht.

Sie wollte ihn nicht enttäuschen.

Er schaffte es zu lächeln und drehte sich dann um, um den Raum zu verlassen, seine zitternde Hand hielt immer noch dein neues Vermögen.

ENDE

BESSER EIN DREIER
ERIKA SANDERS

Wir drei kuschelten uns auf die Couch und sahen uns einen kitschigen HBO-Film an.

Ich war in der Mitte und lehnte mich gegen meinen Freund Peter und seinen besten Freund Ricky, der sich gegen die andere Seite der Couch lehnte.

Peter drehte den Kopf zu uns und machte einen Kommentar, dass es ihm nichts ausmachen würde, das zu tun, worüber wir vorher gesprochen haben.

Ich starrte auf den Fernseher und sah zu, wie eine Frau mit zwei Männern zurechtkam.

Ricky rutschte ein bisschen auf der Couch herum.

"Ja, es sieht so aus, als könnte es Spaß machen." Sagte ich und schaute nur auf den Bildschirm und kicherte.

Das nächste, was ich wusste, war, dass Peter mit seinen Händen über meine Seiten fuhr und nach der Unterseite meines Hemdes griff und daran zog.

Ricky beugte sich etwas näher und begann mein Bein zu reiben, während er mir in die Augen sah.

Ich fühlte, wie mein ganzer Körper sprang, ohne sich zu bewegen.

Peter setzte mich hin und zog mein Hemd aus, meine Brüste ruhten in meinem schwarzen Spitzen-BH, die Brustwarzen waren hart und drückten gegen den Stoff.

Dann drückte er seinen Körper gegen meinen, schlang seine Arme um meinen Rücken und mit einer Bewegung seines Handgelenks waren meine Brüste locker.

Peter fing an an meinen Titten zu saugen, als Ricky seine Hände auf den Knopf meiner Shorts legte.

Ich fühlte mich nass, als Ricky meine Shorts aufknöpfte und sie an meine Hüften und Beine zog.

Zu ihrer Überraschung trug sie kein Höschen.

Ricky leckte sich die Lippen und brachte sein Gesicht nahe an meine feuchte Muschi.

Ich schnappte nach Luft, als ich spürte, wie seine Zunge meine Lippen durchdrang und meinen Kitzler streichelte, was dazu führte, dass Peter meine Brustwarzen stärker saugte.

Ich schob seine Hände in seine Hose und begann zu arbeiten, um sie zu entfernen.

Ich spreizte meine Beine noch mehr, um Ricky den Zugang zu erleichtern.

Mein Herz begann zu rasen, als sich das, was geschah, in meinem Kopf niederließ.

Als Ricky hungrig meine feuchte, feuchte Muschi leckte, zog er seine Hose aus und zog sich widerwillig zurück, um sein Hemd über den Kopf zu ziehen.

Dann fing Ricky an, an meinen Hüften zu ziehen, meinen Hintern an die Kante der Couch zu ziehen, er stand auf und ich sah seinen harten pochenden Schwanz, kurz bevor er ihn gegen meine Lippen drückte und die Länge meines geschwollenen Kitzlers rieb.

Als Peter aufstand, zog er sein Hemd aus und warf es beiseite.

Dann kletterte er auf die Couch, sein Schwanz war nur Zentimeter von meinem Gesicht entfernt und schob eines seiner Beine über meine Beine.

Ich stöhnte, als Ricky seinen Schwanz in meine Muschi steckte und mich vollständig füllte.

Instinktiv drückte ich mich fest um sein Mitglied.

Ich streckte meine Zunge heraus und streichelte die Spitze von Peters großem Schwanz, legte meinen Kopf nach vorne und schlang meine Lippen um den geschwollenen Kopf.

Peter lehnte eine Hand an die Wand und fuhr mit den Fingern der anderen in mein Haar. Er führte sanft meinen Kopf, als er seinen Schwanz lutschte.

Ricky fuhr mit seinen Händen an meinen Seiten auf und ab, packte meine Hüften und hielt mich still, als er mich fickte.

Mein Stöhnen war in seinem verloren.

Ich fing an, meine Hüften gegen Rickys zu schaukeln und versenkte seinen pochenden Schwanz tiefer in meiner engen nassen Muschi.

Ich fing an, die Innenseite von Peters Oberschenkel zu verfolgen, legte meine Hand auf seine mit Sperma gefüllten Eier und begann sie sanft zu massieren, ließ sie in meiner kleinen Hand rollen.

Ich stöhnte erneut, mein Mund war vollständig mit Peters Schwanz gefüllt.

Ich konnte fühlen, wie der Kopf seines Schwanzes meinen Rachen berührte, der Geschmack von Precum auf meiner Zunge.

Peter lehnte sich zurück, sein Schwanz pochte immer noch von meinem harten Sog, stieg von der Couch und nahm meine Hand in seine.

Ich setzte mich auf und Ricky zog seinen Schwanz aus meiner erregten Muschi.

Peter führte mich ins Schlafzimmer, setzte sich auf das Bett, packte meine schlanken Hüften und rollte mich herum.

Ricky stand vor mir und streichelte seinen harten Schwanz, als Peter mein Gesäß auseinander spreizte.

Ricky packte mich dann an den Hüften und half mir beim Ausbalancieren, als er Peters Schwanz vor meinem engen kleinen Loch positionierte.

Meine Knie drückten sich gegen meine Brüste, als ich spürte, wie Peters nasser Schwanz gegen meinen engen Arsch drückte.

Ich stöhnte, als sein Schwanz langsam in meinen Arsch eindrang.

Ricky schob meinen Oberkörper zurück und schob seinen Schwanz zurück in meine Muschi.

Ich lehnte mich zurück, meine Arme stützten mich, mein Arsch und meine Muschi voller Schwänze, ich stöhnte laut und biss mir auf die Unterlippe.

Der Schmerz und das Vergnügen, die durch die doppelte Penetration kamen, waren fast zu groß, um damit fertig zu werden.

Peter schob seinen 20 cm langen Schwanz tief in meinen Arsch, füllte ihn vollständig aus und begann dann, seine Hüften zu bewegen.

Seine Hände um meine Brust massierten meine Brüste.

Ricky pumpte wütend in meine heiße, feuchte Muschi.

Sein Atem stockte und seine Hände in meinen Hüften hielten mich fest.

Ich drückte mich fest um ihre beiden Schwänze und spürte, wie sich mein eigener Höhepunkt aufbaute.

Peters Schwanz schwoll in meinem Hintern an, als ich ihn drückte und er fing an mich schneller zu ficken und stöhnte dabei.

Ricky schloss die Augen und spürte die vertraute Wärme an seinem Schwanz, als er sie ständig in meine Muschi pumpte.

Ich stöhnte mit fast jedem Atemzug und wollte fühlen, wie sie in mir explodierten.

Ich drückte fester.

Peters Körper begann unter mir zu zittern, als sein Schwanz explodierte und meinen Arsch mit seinem dicken Sperma füllte.

Ihr Stöhnen vermischte sich mit Rickys und meinen.

Er schlang seine Arme fest um meine Brust, als sein Höhepunkt seinen Höhepunkt erreichte und seinen Schwanz in meinen engen Arsch spritzte.

Als Peter auf meinen Hintern kam, spürte ich, wie mein eigener Höhepunkt meinen Körper anspannte und meine Muschi sich um Rickys mit Sperma gefüllten Schwanz spannte.

Ich fing an, meine Hüften im Takt von Rickys Bewegungen zu bewegen und wollte um seinen Schwanz kommen.

Ich warf meinen Kopf zurück und stöhnte so heftig, dass ich fast schrie, als ich den Höhepunkt erreichte, einen Schwanz in jedem Loch.

Ricky konnte sich nicht länger zurückhalten, er ließ seine los und füllte meine Muschi mit Strahlen seines Samens.

Wir zitterten beide, unsere Schläge verlangsamten sich und unser Stöhnen wurde leiser, was unsere Höhepunkte verringerte.

Ricky beugte sich vor, küsste mich sanft und lächelte, als er seinen Schwanz aus meiner Muschi zog und mir aus dem Bett half.

Peter stand schnell auf, stellte sich hinter mich, schlang seine Arme um meine Taille und küsste meine Wange.

Er sagte lachend:

"Ja, es hat Spaß gemacht, eigentlich ... ""

ENDE

www.ingramcontent.com/pod-product-compliance
Lightning Source LLC
Chambersburg PA
CBHW031125160726
47989CB00016B/1642